DIDI KEIDY
y el conjuro mágico

Texto: Wanda Coven
Ilustraciones: Priscilla Burris

B Bruño

J

Título original: *Heidi Heckelbeck Casts a Spell*,
publicado originalmente en EE UU por Little Simon,
un sello de Simon & Schuster Children's Publishing Division, Nueva York
© Simon & Schuster, Inc., 2012

© Grupo Editorial Bruño, S. L., 2014,
  para la edición en español
  Juan Ignacio Luca de Tena, 15; 28027 Madrid

Dirección Editorial: Isabel Carril
Coordinación Editorial: Begoña Lozano
Edición: Cristina González
Preimpresión: Equipo Bruño

Traducción: © Begoña Oro Pradera, 2014

ISBN: 978-84-696-0107-5
D. legal: M-24767-2014
Printed in Spain

www.brunolibros.es

ÍNDICE

UN CONJURO PARA PESTER PESTOSA

¡ABRACADABRA!

¡ALAKAZAM!

¡TATATACHÁN!

Didi Keidy abrió su *Libro de conjuros.*
Se lo había regalado su abuela, que era
bruja. La madre de Didi también era
bruja, y su tía Trudi… y, por supuesto,

1

Didi. En cambio, su padre y su hermano Henry no tenían poderes como
ellas.

Didi pasaba las hojas del viejo libro a
toda velocidad.

—¡Ya lo tengo! —exclamó.

Acababa de encontrar el conjuro que
buscaba:

Cómo hacer olvidar

Lo había descubierto la noche anterior
y había dejado un papelito para seña-

lar la página. En ese papelito había una lista de todas las cosas horribles que Ester le había hecho en su primer día de clase.

Cosas horribles que me ha hecho Esther

1. Ha dicho que huelo mal.

2. Me ha mirado mal lo menos cinco veces sin motivo.

3. Ha estropeado mi autorretrato.

4. Ha hecho que me den un papel de árbol en la obra de teatro.

Dentro de tres semanas, su clase iba a representar *El mago de Oz*, y Didi tenía planeado lanzarle un hechizo a Ester la misma noche del estreno.

«¡Te vas a enterar, princesa *P*ester Pestosa! ¡A ver qué tal te sienta olvidarte de tu papel!», sonrió, deseando que llegase el momento.

Estudió la lista de ingredientes que necesitaba para su conjuro:

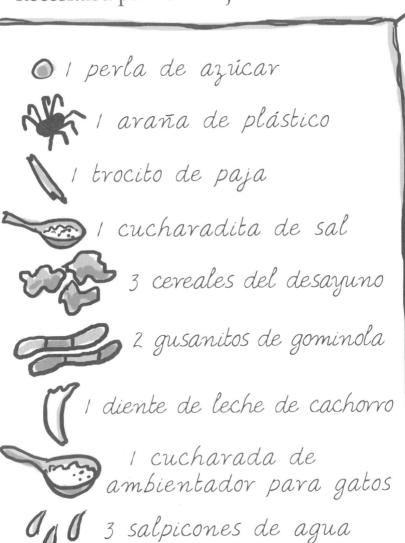

1 perla de azúcar

1 araña de plástico

1 trocito de paja

1 cucharadita de sal

3 cereales del desayuno

2 gusanitos de gominola

1 diente de leche de cachorro

1 cucharada de ambientador para gatos

3 salpicones de agua

—Uffffff —resopló Didi—. ¿De dónde voy a sacar todas estas cosas?

Desde luego, no iba a ser nada fácil. Copió los ingredientes en un papel y se lo guardó en el bolsillo. Luego leyó atentamente las instrucciones.

Mezcla los ingredientes en un cubo de playa. Cierra los ojos y pon una mano sobre el cubo.

Sujeta con la otra mano tu
medallón de bruja y recita
el siguiente conjuro:

¡Oh, POTINGUE MÁGICO,
QUE TU PODER, ME HAGA FELIZ!
HAZ QUE PRONTO, YA, ¡ENSEGUIDA!,
LA MAGIA EMPIECE A SURGIR...
¡Y QUE [EL NOMBRE DE LA PERSONA]
SE OLVIDE DE LO QUE IBA A DECIR!

«¡Manos a la obra!», se dijo Didi.

Capítulo 2

GOFRES CRUJIENTES

Didi guardó muy bien el *Libro de conjuros* en su cofre secreto y lo deslizó bajo la cama. Luego cogió una bolsita plateada para guardar los ingredientes del conjuro. La bolsita era un regalo de su tía Trudi.

Se ató el cordón de la bolsita a la cinturilla del pantalón y bajó a la cocina.

Su madre y su hermano Henry la esperaban.

Mamá había hecho gofres para desayunar. En el sitio de Didi había uno, junto a un zumo de naranja.

—¿Sabes qué me apetece desayunar, mamá? —dijo Didi.

—A ver, que lo adivine… —dijo su madre—. ¿A que no es un gofre?

—¡Cereales! —respondió Didi.

—¡Pero si no te gustan! —se sorprendió mamá.

—Ya, pero hoy tengo antojo de gofre con cereales crujientes por encima.

—¡Y yo! —se apuntó Henry.

Didi puso los ojos en blanco.

—¿Pero tú sabes lo que significa tener un antojo? —le preguntó a su hermano.

—Sí que lo sé —contestó él—. Es cuando tienes que comer algo ya mismo, o te da un ataque.

—Vaya, eres más listo de lo que creía —reconoció Didi.

Mamá dejó la caja de cereales sobre la mesa y Didi se echó unos cuantos encima del gofre.

Luego metió disimuladamente otro pu-
ñadito en la bolsita plateada.

Ahora necesitaba un poco de sal. Pero
antes tenía que despistar a Henry…

—¡Hala, en la caja de cereales viene
un laberinto! —exclamó Didi.

—¿A ver, a ver? —saltó su hermano.

Didi le pasó la caja y Henry se concentró en el laberinto mientras desayunaba. Didi cogió el salero, desenroscó la tapa y echó un poco de sal en su bolsita plateada. Luego volvió a dejar el salero en la mesa.

Pero su hermano la había pillado…

—¡Mamá, mamá! —exclamó—. ¡Didi acaba de echarle sal a su gofre crujiente!

—¿Y qué? —replicó Didi.

—Que es asquerosito —dijo Henry.

En ese momento, papá entró en la cocina.

—A mí también me gustan los gofres así —sonrió—. ¡Y con kétchup y beicon!

Capítulo 3

BRUNO

De camino al autobús, Didi siguió buscando los ingredientes para su conjuro. No vio ningún trocito de paja, ni ningún diente de leche de cachorro. «¿Cómo porras voy a encontrar algo así?», se preguntaba. Nunca había visto por ahí un diente de esos suelto. ¿Es que a los cachorros también se les caen los dientes? Didi no tenía ni idea.

Lo único que sabía era que necesitaba ese ingrediente para su hechizo.

—¡Yujuuu, chicos! —gritó una voz—. ¡Didi! ¡Henry!

Era la tía Trudi, que los saludaba desde su jardín. Su casita parecía de caramelo, como la de un cuento.

La tía Trudi iba en bata y llevaba una taza de té en la mano.

Era pelirroja, como Didi, solo que con el pelo recogido en una trenza.

Didi la adoraba. Aprendía un montón de cosas chulas con ella. Cosas de las que su madre casi nunca le hablaba. Cosas de brujas.

—¡Pásate a verme a la vuelta del colegio, Didi! —le pidió la tía Trudi con su voz cantarina.

—¡Hecho! —le respondió Didi, despidiéndose con la mano.

Henry también le dijo adiós a la tía Trudi.

El autobús se acercó a la parada y Didi y su hermano tuvieron que echar a correr para no perderlo.

Henry se subió de un salto y fue a sentarse con su nuevo amigo Dani. Solo era la segunda vez que cogía el autobús, pero parecía como si llevase montando en él toda la vida.

Para Didi era la primera vez. El día anterior, su madre la había llevado en coche. Buscó a su amiga Lucy, pero no estaba en el autobús. Lucy se había portado muy bien con ella en su primer día de clase.

A quien sí vio fue a Bruno, un amigo de Lucy que llevaba gafas de pasta. El asiento a su lado estaba libre.

Didi avanzó por el pasillo intentando
parecer muy segura y se sentó con él.

—Hey —dijo Bruno.

—Hey —dijo Didi.

El autobús arrancó.

—Oye, ¿por qué te has cambiado de colegio? —le preguntó Bruno.

—No me he cambiado —dijo Didi—. Antes, mi madre nos daba clase en casa a mi hermano y a mí.

—¡Cómo mola! —exclamó Bruno—. ¿Y os dejaba ver la tele y jugar con la consola cuando queríais?

—Qué va —bufó Didi—. Teníamos un horario fijo. Pero a veces dábamos clase en pijama.

—Vaya, qué cómodo —comentó Bruno—. ¿Y qué? ¿Te apetece lo de la obra de teatro?

—No mucho —respondió Didi.

—A mí tampoco, la verdad —le confesó Bruno—. Preferiría seguir trabajando en mi pegatina rastreadora.

—¿Qué es una pegatina rastreadora? —preguntó Didi.

—Es una pegatina especial que he inventado. La pegas en una carta, o en una persona, o en una mascota..., y con una minicámara puedes saber por dónde van. La llamo la Pegatina Espía.

—¡Eh, qué chulada! —exclamó Didi—. ¿La has probado ya?

—Sí, se la puse a mi cachorro —dijo Bruno—. Desde mi laboratorio vi cómo destrozaba los tulipanes de mi madre.

—¿Tienes un cachorro? —se interesó Didi—. ¿Y un laboratorio?

—Sí —respondió Bruno—. Es un cachorro de labrador. Se llama *Doctor Frankenstein*, pero lo llamamos *Franki* para abreviar. El laboratorio lo tengo en el sótano de casa.

—¿Y a *Franki* se le ha caído algún diente de leche? —se ilusionó Didi.

—Todavía no.

—Si se le cae uno, ¿podrías dármelo?

—Eh… Bueno, no sé… —dudó Bruno.

—Te cambio un diente de tiburón por un diente de leche de tu cachorro —le propuso Didi.

—¡Hecho! —dijo Bruno.

—¿Mirarás todos los días en su cama para ver si se le ha caído alguno?

—Claro. ¡Y también lo seguiré con la Pegatina Espía!

Bruno y Didi se dieron la mano para cerrar el trato.

Didi se sintió genial, pero le duró muy poco, porque al momento escuchó un…

¡PLACCC!

Acababan de atizarle a Bruno con una mochila en toda la cabeza.

—¡Aúúúú! —chilló el pobre.

Sus gafas salieron volando y aterrizaron en el pasillo, dos filas más adelante.

Didi no se lo podía creer.

¿Quién habría hecho algo así?

Aquello tenía que ser cosa de la princesa *P*ester Pestosa, y Didi se giró rápidamente para localizarla en el autobús.

Capítulo 4

SAPOS Y RATONES

Cuando Didi se dio la vuelta, se topó con un niño pecoso con cara de malo y nariz de garbanzo.

El niño la fulminó con la mirada, y Didi se giró a toda prisa.

Su amigo Bruno estaba dando manotazos sin control al aire. Parecía un

zombi. ¡Pobrecillo! No veía ni torta sin
sus gafas.

—¡Cuatro ooooojos! —se burló el abusón con una risotada.

Didi localizó las gafas de Bruno en el
suelo.

Se agachó y fue a por ellas.

Cuando volvía gateando a su sitio, se
encontró con unas zapatillas…

Las zapatillas del abusón.

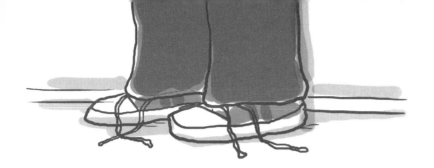

Sin que él se diese cuenta, Didi tiró de
los cordones y se los desató.

Luego se puso de pie y le devolvió las
gafas a Bruno.

—Gracias —dijo él.

—De nada —respondió Didi.

Todos se pusieron en fila para bajar
del autobús.

El abusón iba andando por el pasillo.

Pero, antes de llegar a las escaleras,
tropezó con sus cordones…

Y se estampó en el suelo.

Todo el mundo se puso a aplaudir.

—¿Tú has tenido algo que ver con eso, Didi? —le preguntó Bruno.

—Puede… —sonrió ella.

Bruno y Didi chocaron otra vez esos cinco.

Y se bajaron del autobús.

Didi no tardó en preguntar:

—¿Quién es ese niño tan malo?

—Travis —respondió Bruno—. Va a quinto y es el más chulito de todo el colegio. Trata fatal a todo el mundo.

«Vaya», pensó Didi. «Cuando daba clases en casa, todo era mucho más fácil».

La mañana pasó volando.

Ester se tapaba la nariz cada vez que miraba a Didi, pero, aparte de eso, no ocurrió nada más.

Didi comió con Bruno y con Lucy. A última hora tuvo clase de teatro, que se le hizo larguísima. Pero cuando acabó, por fin pudo ir a ver a su tía Trudi.

Fue directa de la parada del autobús a casa de su tía. Nada más llamar al timbre, el loro de la tía Trudi parloteó desde la cocina.

La tía abrió la puerta y le dio un super-abrazo a Didi.

La casa olía a flores, té y especias.

La tía Trudi tenía un negocio de perfumes caseros. Los preparaba en la cocina, además de los brebajes de bruja, claro.

—¡Pasa, pasa, Didi! —canturreó la tía Trudi—. Acabo de hacer zumo de manzana.

Didi se abrió paso entre la cortina de cuentas que daba al salón.

Se quitó el abrigo y se sentó en el sofá. *Agnes* y *Hilda*, las gatas de la tía Trudi, corrieron a acurrucarse en sus piernas.

La tía se sentó en un taburete con forma de seta y le acercó a Didi unas galletas y un vaso de zumo de manzana.

—Cuéntame, ¿qué tal por el colegio? —le preguntó.

—No muy bien —respondió Didi.

—Ya. No es fácil ser la nueva, ¿verdad? Cuéntame qué ha pasado, anda.

Didi le contó a su tía todo lo de Ester, en especial cómo había hecho que le diesen el papel de manzano en la obra de teatro.

Y también le contó lo del abusón del autobús.

—Dale una oportunidad a Ester —le aconsejó la tía Trudi—. No está acostumbrada a que haya una chica nueva en clase. Y con respecto al abusón, no le hagas ni caso. Seguro que, si le ignoras, dejará de molestarte.

—Ojalá pudiese lanzarles un hechizo… —suspiró Didi—. Oye, ¿no tendrás por ahí una araña de plástico?

En un primer momento, la tía Trudi se echó a reír.

Sabía exactamente lo que tramaba su sobrina.

Pero luego suspiró y la miró muy seria.

—Debes tener cuidado con tus poderes, Didi —le dijo—. No puedes andar convirtiendo a la gente en sapos y ratones, o hacerles olvidar…, solo porque estés enfadada con ellos.

—¡Pero es que Ester se lo merece! —protestó Didi—. Y en cuanto pase la obra de teatro desharé el hechizo.

—Las brujas tienen que resolver sus problemas primero sin magia —le recordó la tía Trudi—. Para eso van al colegio.

—¿Alguna vez has hecho magia con tus clientes? —le preguntó Didi.

—Nunca —respondió su tía—. Y tú tienes que prometerme que jamás harás magia en el colegio.

Puede que la tía Trudi tuviese razón.

Puede que Didi solo tuviera que aprender a llevarse mejor con los demás.

—Está bien —dijo.

Pero puso mucho cuidado en no prometerlo.

Después de merendar, la tía Trudi tenía que seguir trabajando.

Le dio otro superabrazo a Didi y le pidió que, por favor, le sacase la basura.

Didi cogió la bolsa con la basura, dispuesta a llevarla al contenedor.

De camino vio que por la bolsa asomaba un juguete para gatos. Lo sacó y lo toqueteó.

Tenía forma de ratón y parecía estar relleno de agujas de pino.

Luego lo olió.

«¡Ambientador para gatos!», pensó Didi.
«¡Es uno de los ingredientes del conjuro!».

Decidió guardarse el juguete, por si acaso.

Lo metió en su bolsita plateada y tiró la basura en el contenedor.

Capítulo 5

¡TRONCO VA!

Didi dejó de darle vueltas a lo del conjuro y se concentró en intentar llevarse bien con sus compañeros.

Cuando Ester se burló de la ropa que
llevaba, no le hizo ni caso.

Cuando Travis la miró con mala cara,
ella hizo como que no se daba cuenta.

Y cuando Lucy quiso subirse la primera a los columpios, Didi la dejó pasar.

Durante tres semanas enteras, Didi fue una compañera modelo.

Pero entonces, en el ensayo con vestuario...

Didi se había frotado la cara y las manos con pintura marrón para hacer de árbol.

Luego ayudó a Lucy a esconder su pelo negro y rizado bajo una peluca de ancianita.

—¡Estás genial! —le dijo Didi.

Lucy se echó a reír:

—Pues tendrías que ver mi peluca de munchkin…

Entonces sacó de su mochila otra peluca. Tenía un trozo de calva de plástico en la frente y, por detrás, pelo naranja con tirabuzones.

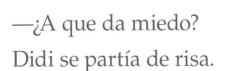

—¿A que da miedo?

Didi se partía de risa.

—¿Qué os hace tanta gracia? —les preguntó Bruno.

Didi y Lucy se dieron la vuelta.

Bruno llevaba la cara plateada, ropa plateada y un embudo plateado puesto boca abajo como un sombrero. En la mano sujetaba un hacha de plástico.

Las chicas se rieron aún más.

—Soy el hombre de hojalata —dijo Bruno—. ¿Qué tiene de malo mi disfraz?

—¡Que pareces el envoltorio de una chocolatina! —se rio Lucy.

—¡Pues tú pareces mi tatarabuela, con esa peluca blanca! —replicó Bruno.

—¡Y Didi parece que ha salido de una pocilga! —se metió Ester.

Ester llevaba el disfraz de Dorothy, la protagonista de *El mago de Oz*, pero en realidad actuaba como si fuese la bruja mala.

La profesora de teatro, la señorita Ponk, dio unas palmadas.

—Por favor, Didi, ponte el disfraz —dijo.

Didi se acercó a los otros dos alumnos que hacían de manzanos furiosos.

Ellos ya llevaban puesto el disfraz.

La señorita Ponk le plantó encima el tronco de cartón.

Con él puesto, Didi apenas podía moverse.

Tuvo que girar el tronco hasta encontrar el agujero para asomar la cara.

Luego sacó los brazos por los agujeros laterales del árbol.

—Levantad los brazos, como si fuesen
ramas —dijo la señorita Ponk.
Didi levantó los brazos.
Se sentía completamente ridícula.

—¡Todos a sus puestos! ¡Ensayamos la escena del manzano! —ordenó la señorita Ponk.

—¡Vamos, Stanley! —dijo Ester, que llevaba unos zapatitos rojos superbri-

llantes y una cestita por la que asomaba un perrito *Totó* de peluche.

Stanley, el mejor amigo de Ester, hacía
de espantapájaros.

—¡Acción! —dijo la señorita Ponk.

Dorothy apareció en el escenario.

—¡Oh, mira! —exclamó—. ¡Manzanas!

E intentó coger una de un árbol.

Pero la manzana le atizó en la mano.

—¡Ay! —gritó Dorothy.

—¡Aparta tus asquerosas zarpas de mis manzanas! —le dijo el árbol.

—¿Has dicho algo? —le preguntó Dorothy—. ¡Nunca había visto un manzano parlante!

—¡He dicho que te largues a buscar comida a otra parte! —respondió el árbol.

—¡Eso! —añadió el segundo manzano. Didi lo miraba todo desde el hueco de su árbol.

—Vámonos, Dorothy —dijo el espantapájaros—. No querrás comerte esas manzanas. Seguro que tienen gusanos.

—¿Cómo te atreves a meterte con mis manzanas? —se enfadó el primer árbol—. ¡Al ataque, compañeros!

Y los tres árboles empezaron a lanzar
sus manzanas de mentirijillas. Dorothy y el espantapájaros las esquiva-
ron, aunque unas cuantas se colaron
en la cestita junto a *Totó*.

Cuando Dorothy pasó corriendo a su
lado, golpeó aposta una de las ramas

de Didi para que se le descolocase el
disfraz de árbol.

—¡Socorro! —gritó Didi—. ¡No veo nada!
Se balanceó hacia un lado y se tambaleó hacia el otro.

Luego dio varias vueltas hasta que…
¡PUM!

Didi volcó en medio del escenario.

—¡Tronco va! —saltó Ester, dándole un codazo a Stanley, y los dos se echaron a reír.

Didi oyó el taconeo de la señorita Ponk, que llegó a todo correr y le quitó el disfraz.

—¿Estás bien, cariño? —le preguntó.

A Didi se le había pegado todo el pelo a la cara pintada de marrón.

Estaba tan avergonzada que ni siquie-ra era capaz de decir si se había hecho daño.

—Estoy bien —contestó por fin.

Pero Didi no estaba bien.

Nada bien.

Estaba FURIOSA.

¡La princesa *P*ester Pestosa se iba a enterar de una vez por todas!

Capítulo 6

FRANKI

¡Didi iba a poner en marcha su conjuro!

La noche siguiente era la del estreno, y todavía tenía que conseguir los ingredientes que le faltaban. Necesitaba:

1 perla de azúcar
1 araña de plástico
1 trocito de paja

1 cucharadita de sal

3 cereales del desayuno

2 gusanitos de gominola

1 diente de leche de cachorro

1 cucharada de ambienta-
dor para gatos

3 salpicones de agua

Didi estudió la lista. «Lo de la araña
será fácil», pensó.

Corrió a la despensa de la cocina y
buscó las sobras del último Halloween.
Las volcó sobre la mesa y rebuscó entre los caramelos y las gominolas…

De pronto la descubrió, como una pie-
dra preciosa en medio de un tesoro:
¡una araña de plástico!

—¡Bien! —exclamó Didi, y la cogió.

—¡Quieta! —la detuvo Henry desde la puerta—. ¡Esa araña es MÍA!

—El que la encuentra se la queda —replicó Didi.

—Dámela o me chivo.

—Espera... —le dijo Didi—. Te la cambio por el minisable láser que me regalaron en la hamburguesería.

—¡Hecho! —aceptó su hermano.

—Está en mi mesilla —le informó Didi. Y Henry fue corriendo a la planta de arriba.

«Bufff, por poco...», pensó Didi.

Pero aún tenía que conseguir unos gusanitos de gominola.

A mamá le encantaban las gominolas: los gusanitos, los ositos…, lo que fuera. Didi cruzó la cocina de puntillas y abrió el cajón secreto de las chuches de su madre.

Vio nubes, vio moras… «¡Tiene que haber gusanitos en alguna parte», pensó, y siguió rebuscando. De pronto rozó algo… ¡Ajá! Didi sacó una bolsita arrugada del fondo del cajón.

Dentro había regaliz rojo y... ¡gusanitos de gominola!

—¡Bingo! —exclamó.

Rápidamente se zampó un gusanito y metió dos más en su bolsita plateada.

—¡Didi! —la llamó su madre—. ¡Nos vamos!

Volvió a dejar a toda prisa la bolsa de chuches en el fondo del cajón secreto.

—¡Voy! —dijo, haciendo como si nada.

Había quedado para ir a jugar a casa de Bruno, que iba a enseñarle su laboratorio.

Su madre la llevó hasta allí.

Bruno le abrió la puerta con la bata de laboratorio y las gafas protectoras puestas.

A su lado estaba su cachorrito.

Nada más ver a Didi, *Franki* movió la cola y se puso a ladrar.

Didi dejó que *Franki* le oliese la mano.

—¿Todavía no se le ha caído ningún diente? —preguntó.

—No, que yo sepa —dijo Bruno.

Didi siguió a su amigo hasta el sótano. Estaba todo lleno de experimentos. Bruno había construido un robot… y un tornado con alambre y bolitas de algodón. Por todas partes había carteles de «ALTO SECRETO».

—¿Quieres ver cómo funciona la Pegatina Espía? —preguntó Bruno.

—¡Sí, claro! —contestó Didi.

Bruno tecleó en su ordenador.

Didi miró la pantalla.

De repente apareció algo que se movía.

—Ese es *Franki* —dijo Bruno.

A *Franki* no se le distinguía, pero sí que podía verse lo que estaba haciendo en ese momento.

—¿Le dejáis comerse el pan de hamburguesas? —preguntó Didi.

Bruno pegó la nariz a la pantalla.

—¡Oh, no! —dijo—. ¡Vamos!

Didi y Bruno corrieron escaleras arriba.

Franki estaba tan feliz en la cocina, masticando pan de hamburguesas y meneando la cola.

Bruno tiró de la bolsa del pan y *Franki* ladró encantado.

—¡Lánzale uno de sus juguetes, Didi! —le pidió Bruno.

Didi localizó una cesta llena de juguetes para morder y cogió una chuleta de plástico.

—¡Mira, *Franki!* —dijo, moviendo la chuleta de lado a lado.

Pero el cachorro no mostró el menor interés en la chuleta de mentira. Ladraba y aullaba al pan de hamburguesas, que ahora estaba sobre la encimera.

Didi iba a dejar la chuleta otra vez en la cesta cuando notó que tenía algo clavado.

¡Era un diente de leche!

—¡He encontrado un diente de *Franki!*

—exclamó.

—¿A ver? —dijo Bruno.

Didi sacó el diente de la chuleta de plástico y se lo pasó a Bruno.

—¡Cómo mola! —murmuró él.

Para verlo mejor, sacó una lupa de un bolsillo de su bata de laboratorio.

Didi le preguntó, intentando no parecer demasiado interesada:

—¿Sigue en pie el trato de cambiármelo por un diente de tiburón?

—¡Claro! —respondió Bruno—. Prefiero el diente de tiburón. Ya me lo traerás.

Y le dio el diente de *Franki* a Didi.

Ella se lo guardó en su bolsita plateada. Ya tenía casi todos los ingredientes para el conjuro. Solo le faltaban tres…, más el cubo de playa.

—Mañana te llevo el diente de tiburón al colegio —dijo Didi.

—Guay —sonrió Bruno.

Luego bajaron otra vez al sótano y siguieron viendo más experimentos.

Capítulo 7

QUE EMPIECE LA FUNCIÓN

Emoción, intriga, dolor de barriga…

¡La función iba a empezar!

Bueno, casi. Todavía quedaban cuatro horas para el estreno y a Didi aún le faltaban varios ingredientes.

El agua sería fácil de conseguir. Y el cubo de playa también. Pero el trocito de paja y la perla de azúcar eran más complicados de encontrar…

Después de clase, mamá llevó a Didi y a Henry a la pastelería.

Había encargado unos *cupcakes* para la fiesta tras la representación.

Didi confiaba en encontrar allí la perla de azúcar que le faltaba para su conjuro.

¡Era su única oportunidad!

Mientras Henry y su madre acompañaban a la trastienda a Lulú, la dueña de la pastelería, Didi le preguntó en voz baja a la dependienta que estaba detrás del mostrador:

—¿Tenéis perlas de azúcar, por favor?

La dependienta se quedó pensativa.

—Hummm…, espera, que voy a mirar —dijo.

Después de abrir y cerrar varios cajoncitos, sacó una tira de papel adhesivo especial que tenía pegadas pequeñas perlas de azúcar.

—¿Cuántas necesitas? —preguntó la dependienta.

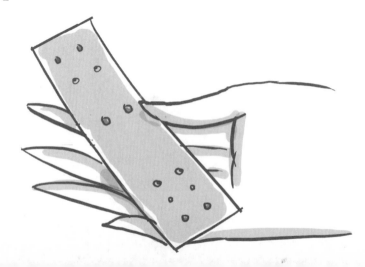

—Solo una —respondió Didi.

—¿Solo una? —se extrañó la mujer.

La verdad es que era un poco raro pedir solo una.

—Bueno…, mejor dos —rectificó Didi.

—Toma, llévate todas las que me quedan —le dijo la dependienta, y le dio la tira de papel entera.

—¿Cuánto es? —preguntó Didi.

—Nada. Te las regalo —sonrió la mujer.

—¡Muchas gracias! —dijo Didi.

Dobló con cuidado la tira de papel con las perlitas de azúcar pegadas y la guardó en su bolsita plateada.

Lulú, la dueña de la pastelería, trajo los *cupcakes* con adornos de *El mago de Oz*.

—¡Yo quiero uno con *Totó!* —exclamó Henry.

—¡Y yo uno con los zapatitos rojos! —exclamó Didi.

Mamá pagó los *cupcakes* y pasaron por casa a recoger a papá.

—Tengo que subir a mi cuarto —dijo Didi—. Me he olvidado una cosa.

—Pero date prisa. ¡No querrás llegar tarde al estreno!, ¿verdad? —le preguntó su madre.

Didi cogió una bolsa de la compra y, con mucho cuidado, metió su bolsita plateada, su medallón de bruja, varias cucharitas para medir, una cuchara grande, una botella de agua y unas tijeras. Luego fue corriendo al garaje, encontró un cubo de playa y también lo metió en la bolsa de la compra.

Después corrió al escobero y le arrancó un pelo al cepillo de la escoba.

«¡Oh, no! ¡Es de plástico, no de paja!
¿Cómo es que en una casa con dos
brujas no hay ni una escoba de bruja?».

Didi salió de casa dando un portazo. Tenía todo lo que necesitaba… ¡menos el trocito de paja! Por culpa de esa tontada, su conjuro iba a irse a la porra. De todas formas, cogió la bolsa de la compra y corrió hasta el coche.

Ya en el colegio, se fue directa a ponerse el maquillaje y el disfraz. Luego se asomó por detrás del telón para ver si la tía Trudi había llegado ya, y entonces…, ¡alguien la empujó al escenario! Didi se tambaleó ante todo el público mientras Ester y Stanley se partían de risa detrás del telón.

Didi se dio media vuelta y buscó una abertura en el telón para escapar del escenario, pero solo encontraba tela y más tela. Menos mal que Lucy sacó un brazo por un lateral y la arrastró otra vez detrás del telón.

—¿Estás bien, Didi? —le preguntó.

Didi tenía ganas de gritar. Pero entonces se fijó en Stanley y tuvo una idea…

—Ayúdame a quitarme el disfraz —le pidió a Lucy—. Tengo que ir al baño.

Lucy levantó el tronco de árbol por encima de la cabeza de Didi.

—¡Date prisa! —le dijo—. La obra está a punto de empezar.

—No tardo nada —la tranquilizó Didi. Agarró la bolsa de la compra, pasó junto a Stanley y le arrancó disimuladamente un trocito de paja de su disfraz de espantapájaros.

«Esto servirá», pensó.

Y sonrió con cara de traviesa.

¡Ya tenía todo lo que necesitaba para su conjuro!

Capítulo 8

¡MARCHANDO UN CONJURO!

Didi corrió al baño de chicas, puso el cubo de playa sobre la tapa del váter, despegó una perla de azúcar del papel adhesivo y la dejó caer dentro. Luego añadió la araña de plástico, el trocito de paja, los gusanitos de gominola, el diente de leche de *Franki* y los tres cereales.

Después midió una cucharadita de sal y la añadió a la mezcla.

Le hizo un corte al ambientador para gatos y le sacó una cucharada del relleno.

Añadió los tres salpicones de agua y revolvió el potingue con la cuchara.

Luego cerró los ojos, puso la mano derecha sobre el cubo mientras con la izquierda sujetaba el medallón y dijo las palabras mágicas:

¡Oh, POTINGUE MÁGICO,
QUE TU PODER, ME HAGA FELIZ!
HAZ QUE PRONTO, YA, ¡ENSEGUIDA!,
LA MAGIA EMPIECE A SURGIR...
¡Y QUE ESTER, SE OLVIDE
DE LO QUE IBA A DECIR!

«¡Ahora te vas a enterar, princesa *Pester Pestosa*!», sonrió Didi.

Recogió todas sus cosas y volvió detrás del telón. La obra acababa de empezar… y ahí estaba Ester, en medio del escenario, rascándose la cabeza. No se acordaba de lo que tenía que decir. ¡El conjuro había funcionado!

La señorita Ponk le sopló a Ester las frases de su papel:

—¡Ay, *Totó!* —le susurró—. ¡Ojalá pudiese ir más allá del arcoíris!

Ester intentó repetir las palabras…, ¡pero ya se le habían olvidado otra vez! Detrás del escenario, los otros niños cuchicheaban entre risitas.

Ester se puso colorada como un tomate y se echó a llorar.

La señorita Ponk subió taconeando al escenario.

—Damas y caballeros, vamos a hacer una breve pausa —dijo—. Volvemos enseguida.

Y el telón se cerró de golpe.

La señorita Ponk intentó consolar a Ester:

—No te preocupes. Son los nervios. Respira hondo.

—No sé qué me pasa… —lloriqueó Ester—. ¡Soy la peor Dorothy del mundo!

Y entonces ocurrió algo increíble… Algo tan raro que Didi tuvo que pe-

llizcarse para comprobar que no estaba soñando…

Ester le dio mucha pena.

«¿Cómo es posible?», se preguntó. «¡Si es malísima conmigo!».

Pero Didi no podía soportar verla así. Sabía por experiencia lo mal que se pasaba, y había conseguido que Ester se sintiese fatal de verdad.

Solo podía hacer una cosa…

Capítulo 9

HA NACIDO UNA ESTRELLA

Didi cogió otra vez sus cosas y volvió corriendo al baño de chicas.

Dejó el cubo de playa sobre la tapa del váter, puso encima la mano derecha, sujetó con la izquierda el medallón de bruja, cerró los ojos…

Y deshizo el conjuro.

¡GRACIAS, GRACIAS, GRACIAS!
TODO HA SALIDO BIEN.
ES HORA DE QUE MI CONJURO
PIERDA SU PODER.

Nada más salir del baño, Didi oyó exclamar a Ester:

—¡Ya me acuerdo! ¡Me acuerdo de todo!

—¡Menos mal! —suspiró la señorita Ponk—. ¡Muy bien, niños! ¡Todos a sus puestos!

Después de eso, nadie se tropezó ni olvidó ni una coma de su papel.

Al final, todos salieron al escenario para saludar al público.

Didi oyó a su padre, que gritaba su nombre desde el público, y pensó: «Al final no ha salido tan mal».

¡Pero la verdad es que estaba encanta-
da de que por fin hubiese terminado
todo de una vez!

—¡Has sido el mejor manzano que he visto en mi vida! —le dijo su padre, y le dio un *cupcake* decorado con zapatitos rojos.

—¡Eh, que yo también quiero! —saltó Henry.

—¡Y yo! —añadió mamá.

—¡Pues vamos! —dijo papá, y los acompañó a buscar más *cupcakes*.

La tía Trudi le dio a Didi uno de sus superabrazos.

—Eso de que Ester se olvidase de su papel… Qué raro, ¿no? —comentó—. Y luego, de repente, ¡*ZASSS*, va y lo recuerda! No sé qué ha podido pasar… ¿Y tú?

La tía Trudi sabía perfectamente lo que había ocurrido, y Didi no se atrevía a mirarla a los ojos.

—¿Has aprendido algo de todo esto? —le preguntó su tía.

—Sí. Conseguir que alguien se sienta mal… ¡es horrible!

—Buena chica —sonrió la tía Trudi.

—Pero, entonces, ¿por qué Ester se porta tan mal conmigo? —le preguntó Didi.

—Eso es problema suyo, no tuyo —respondió la tía Trudi—. ¡Pero seguro que Ester se dará cuenta algún día y aprenderá a ser más amable!

Con esa esperanza (y con lo rico que estaba su *cupcake)*, ¡Didi se sintió genial!

TÍTULOS PUBLICADOS

n.º 1

n.º 2